十 年

汶川地震十周年诗歌作品集

龚学敏 主编

成都时代出版社
CHENGDU TIMES PRESS

图书在版编目（CIP）数据

十年 / 龚学敏主编 . -- 成都 : 成都时代出版社 ,
2018.4
ISBN 978-7-5464-2046-2

Ⅰ . ①十… Ⅱ . ①龚… Ⅲ . ①诗集－中国－当代
Ⅳ . ① I227

中国版本图书馆 CIP 数据核字（2018）第 028484 号

十 年
SHI NIAN
龚学敏 主编

出 品 人 石碧川
责任编辑 龚爱萍
责任校对 蒋雪梅
装帧设计 修远文化
责任印制 唐莹莹

出版发行 成都时代出版社
电　　话 （028）86742352（编辑部）
　　　　 （028）86615250（发行部）
网　　址 www.chengdusd.com
印　　刷 四川华龙印务有限公司
规　　格 140mm×210mm
印　　张 5.75
字　　数 100 千
版　　次 2018 年 4 月第 1 版
印　　次 2018 年 4 月第 1 次印刷
书　　号 ISBN 978-7-5464-2046-2
定　　价 39.80 元

花开的声音

——序诗集《十年》

龚学敏

当人们去读一个民族最早的文献时，会发现一个普遍的规律，几乎所有的民族都会用诗歌或者神话传说的形式去描述他们的祖先所面临的巨大灾难，然后，人类得以重生。灾难史某种程度上已经成为人类不断战胜自然、顺应自然、在人类居住的地球上寻找更加适合生存与发展的见证。在这么多的神话与传说中，人类在面对灾难时所经历的痛苦几乎是相同的，但是，灾难和重生之后他们的新生活因所处的地域、气候、出产等等自然因素的不同，以及对自然力量和生命的理解的不同，给我们呈现出丰富异彩的人类文明和文化。

我们总是在不断地战胜灾难的路上前进的，而战胜所有的灾难，人类最强大的力量无疑是爱，超越国界，超越族群，超越政治，超越各种不同文化形态的爱，便是人类得以绵绵不绝、生生不已地繁衍下去的最根本的源泉，如鸟之羽翼。发生在公元2008年5月12日14点28分04秒的中国汶川大地震当属人类历史上一次巨大的灾难，此次地震的震级达到8级，地震烈度达到11度。地震波及大半个中国及亚洲多个国家和地区，北至辽宁，东至上海，南至中国的香港和澳门、泰国、越南，西至巴基斯坦均有震感。地震严重破坏地区超过10万平方公里，是中华人民共和国成立以来破坏力最大的地震。因此，自2009年起，每年5月12日确定为全国“防灾减灾日”。我国是一个多

地震的国家，有文献记载以来，已经有数不清的地震掠去了无数的生命，使不同时代、不同地域的文明遭受不同程度的破坏，甚至毁灭。而“5·12”汶川大地震发生后，整个抗震救灾过程无疑凸显了我们在中国共产党领导下社会主义制度的优越性，从地震发生的那一瞬间，举全国之力的抗震救灾成为华夏大地波澜壮阔的壮举，成为华夏民族历史上彪炳千秋的重彩，为全世界所瞩目。与此同时，中国文学乃至世界文学上一次前无古人的诗歌运动，给我们呈现出了一种独特的文化现象，那就是地震诗。用诗歌来寄托我们的哀思，用诗歌来安慰幸存者受伤的心灵，用诗歌来讴歌抗震救灾的数不清的人类壮举，用诗歌来刻画抗

震救灾中每一处打动人们内心的感动，用诗歌来歌唱崭新的生命，用诗歌来表达灾区人民最真诚的感谢……所有的举动，所有的眼泪，所有的话语无不在诗歌中成为一种最打动人心的情感记录。“5·12”汶川大地震期间，没有人知道有多少人为这次灾难写下了诗篇，没有人知道究竟有多少首诗从祖国的每一个地方出发，用期刊、报纸、电波、短信、网络、书籍等等一切可能的载体抵达地震灾区。多少人写？写了多少？举办了多少场诗歌朗诵会？在诗歌的面前，多少人流下了眼泪？已经永远没有人知道了，也永远不可能有人知道了。但是，诗歌在人们情感深处留下的巨大震动，将永远以诗歌史、文学史的形式写在人类的文明进程中。

十年。时光荏苒，太阳是大地上一切事物最好的抚慰，一天天地升起，一遍遍地用阳光洗涤我们的伤口，一次次地给大地倾注崭新的活力。在中国共产党的正确领导下，在全国各地的大力支持下，汶川大地震灾区的各族儿女和全国人民一道，用伟大的抗震救灾精神打赢了这人类灾难史上必将铭记的一场硬仗，成为全世界抗灾史上最值得浓墨重彩书写的一笔。

十年，地震灾区发生了翻天覆地的变化，一片祥和安宁。

灾后恢复重建发展取得历史性成就，展现了中国共产党的坚强有力领导和我国社会主义制度的优越性。现在，整个地震灾区人民群众正在习近平新时代中国特色社会主义思想指引下，昂首阔步进入新时代，在推动产业发展、民生改善等方面继续发力，努力把家园建设得更加美好。

十年。生活在汶川大地震灾区的诗人在经历了那场巨大的伤痛后，又一次拿起笔来，写下了身边的变化。这些来自地震灾区的诗人用他们亲身的体验，以诗歌的形式为我们诠释了什么叫作人间奇迹。

人类生生不息，就像谁也不能阻挡大地上花开的声音。这些诗歌，就是来自地震灾区花开的声音。

（龚学敏，四川省作家协会副主席，《星星》诗刊主编）

目 录

晨雾　吴晓东

中国力量

梁 平

流经汶川的岷江哭过，那一天白云黑了，
盛开的春天突然窒息在轰然垮塌的山坡上。
整个世界的目光凝聚，凝聚在废墟里折断的呼吸和生还，
凝聚在生命的重新集结，重新燃烧和太阳一样炫目的光芒。
岷江的水，冲洗了残留的泪痕，
破碎的瓦砾重新站立起来，站成肩膀，站成脊梁。
北川、青川、都江堰的痛，映秀、什邡、汉旺的伤，
在三个春天大步流星走过之后，漫山的花开了，
那是超越时间和季节的开放。

从第一天天崩地裂开始，中南海不灭的灯点亮满天的星，
落地成千万里之外十三亿双噙满牵挂的眼睛，
成为黑夜里铺天盖地照亮废墟的希望。
那是血脉连接起的长城内外、大江南北，甚至天涯，
甚至海角，

每一个肩膀扛起生命的重量。

春天回来了，
这里幸存下来的生命，在帐篷、在板房、在废墟的建设工地上，
升华了“幸存”的全部意义，
在他们身后，世界目睹了一个国家的行动如此浩荡，
东北西北、中南西南，华北华南、沿海沿疆，
中国十八个地方政府办公桌上摆放的灾后重建蓝图，
在废墟上成为现实：新城镇、新交通、新学校、新医院，
那是重放的鲜花，比原来更加显眼、美好，
这里每一个人的脸上都是灿烂的阳光。

我们告诉中国，我们告诉世界，
这里的春天回来了，有鸟语，有花香，有更新的梦想。

所以世界所有的国家不能不惊叹，不能不因此而仰望东方，
犹如面对高山的仰望！
是的，我们谁也不能阻止灾难的突然降临，
但是中国，也只有中国，能够破解世界性的难题，
面对灾难，面对灾难以后的山河重建，
汶川在最短的时间，在最温暖的阳光里抚慰创伤，
以国家的名义，以国家的力量，
书写出世界上最美的乐章，无比灿烂辉煌！

荷塘清暑　田明珍

春回大地

牛 放

一个响亮的声音
由共和国的心脏发出
河北 台湾 西藏 上海
辚辚车轮奔向同一个方向

汶川 北川 青川 什邡
所有所有的废墟
一夜之间生机盎然
一片又一片楼房
在瓦砾堆里
齐刷刷地在春光里拔节 生长
从擂鼓镇到映秀镇
最动听的音乐
莫过于混凝土浇筑大梁的交响
最明亮的画卷

莫过于工地上通宵不灭的灯光

黄河之水 长江之浪
搅拌水泥 河沙 碎石 还有时间
高高耸立的塔吊
一捆又一捆将人民的亲情举过云层
匆匆行进的卡车
一趟又一趟把祖国的关怀送入工地
工地上激越的号子
正是林边催种布谷清脆的鸟语
帽檐下挥洒的汗滴
正是阳春三月半空里飘下的春雨

哦 春雷滚滚划过岷江
哦 春回天府万物复苏
看哪
废墟上瓦砾厚厚的伤疤
正在被大爱凝聚的柔情轻轻抚平

你的名字在援建的路上疾行

李自国

把你的名字写在手心里，攥紧
就是一座隆起的山脉，把你的名字
写在梦中，挥手就能采摘黎明的号子声声
把你的名字写入灾区每根绷紧的神经
只要有风有雨，你的名字就是一面热血沸腾的旗

你的名字是一座新校园落成后的微笑，被芬芳的花朵
写进五月的春风里，你的名字是留在工地上的
声声叮咛，被故乡的阳光写在做人的尺度里
你的名字是一次次大爱的传递，被山山水水
写在出征的号角中，你的名字是一根根钢筋
一袋袋水泥，就让龙门山脉引领你冲出夔门吧
冲过险滩，如同一泻千里滔滔不息
你的名字是一碗酒一杯茶一腔热血一次深呼吸
就让千古岷江夜夜朗诵你那经典般的名字吧，挽起手臂

如同花儿朵朵如同草木依依如同八方的兄弟姐妹

我要用脚手架把你的名字高高地写在蓝天之上
我要用泥土把你的名字默默地写在种子发芽的春风里
我曾在废墟中、在凤凰的涅槃里呼唤出你闪亮的名字
都说你的名字在援建的路上疾行
因为你的名字行走——就是一条开花的河流
站着便是千万援建者———座座无名氏的丰碑

在春天，仰望星空

靳晓静

妈妈，又是一年的春天了
今夜的星星 在我潮湿的眼中
开出了六角形的花瓣
那是您喜欢的花，妈妈
我放一只孔明灯来看您
您只要将这盏灯，挂在您的窗前
您就会看见我，比两年前
已长高了许多，您的女儿
已长得和这个春天一样盎然
您墓碑前的草叶上有露珠

妈妈，今夜我想对你说
您走后，我很害怕

两年前的山崩地裂中

您的身体像天的穹窿
让我再次感到子宫的温暖
而再生，您却走了，我很害怕
但不孤独，因为祖国妈妈用大爱
接过了我，并将我紧紧拥抱

妈妈，今夜的星空告诉我
您会在这个春天回来
看看我们的新房、新学校和医院
四面八方的爱将家乡重建
您回来，看看这儿，摸摸那儿
再牵一牵您已经长高的女儿的手
妈妈，我要在您回家的路上
撒满花瓣为您引路
像阳光为春天引路

像星空为思念引路
妈妈，今夜我在汶川仰望星空
就像依偎在您的膝下一样温暖
并想起老师对我们说过
国在山河破
就会有春天，将它一针针缝合

红舞鞋

姜 明

一条腿也能跳舞吗?
一条腿
也能演绎生命的华美?

红舞鞋
漂亮的红舞鞋
一只在空中高傲地翻飞
一只还孤独地蜷在废墟里
沉睡

红舞鞋
就是用艳丽的羌绣
把那个灰色的五月
一针一针缝起来的俄罗斯舞曲

红舞鞋
就是用壮丽的羌红
让残奥会的主基调
一点一点抬起头来的欢呼、掌声
和惊喜

红舞鞋
就是用秀丽的羌音
把那些曾经失踪的鸟鸣、花香、云影
一声一声唤出来的梦想和童心

腿没了
芭蕾在
家没了
眼眸在

红舞鞋
高傲的红舞鞋
炫出天清气朗的红舞鞋
舞出万物生长的红舞鞋
孤独的红舞鞋
童话中的红舞鞋
壮士断臂向死而生的红舞鞋

多像王羲之的书法啊
一撇一捺
都是大地上的鲜花

写在年画上的笑颜

瘦西鸿

我内心的山水　一直为年准备着
这一幅绵延不绝的竹子　经过一个一个的节
直到把花　开到季节的高处

绵竹　一个坚强的名字
走过大地震　走过万劫不复的关口
依然把青葱的笑颜　画在脸上

如果我是房子　我会守住生活的安宁
如果我是水　我会流出生命的荡漾
如果我是船上垂钓的姑娘　我会从涟漪深处拉出内心的向往
就在这一个明媚的上午　我从地震的阴影里走出
我的面孔上贴着一张张年画
年华如流水　我拥有着内心的宁静

这就是我 走过灾难后的一个人的表情
像被蓝天洗过的脸庞 我用我天生的笑
铭记所有的写在纪年上的恩情

又一个春天

干海兵

一朵报春花占领了残墙的高处
十万朵报春花突破了阴霾的冬天
在机器声中复苏的映秀、都江堰、汶川、北川
从板房到广场，从学校到医院
每一匹砖瓦都传递着春天的笑容
每一条道路都指向开朗的明天

养鸡养鸭、修房筑路、种瓜得瓜、种豆得豆
春天，给了我们迎接阳光的理由
春天，让每一双劳动的手都触及了快乐和希望
东汽飞奔的样子、青川忙碌的麦田
都江堰开闸放水的号子，紫坪铺一桥飞渡——
昨天——黯然，明天——灿烂

灾难被铭刻在心的墙上，逝者安息。生者重生

坚强者手中握着春天的钥匙
感恩者用重建的汗水抬高梦想和祈愿
——这里就是中国，这里就是四川
这里有奇迹，这里有大爱，这里又是一个明媚的春天

第二个家园

熊 焱

当废墟下的青草在风中舞动翩翩
当绿油油的禾苗在阳光下铺展绵延
当成片的板房一次次升起温暖的炊烟
汶川啊，在援建的日日夜夜
我们洒下的滴滴汗水是甘泉
我们栽种的朵朵鲜花是笑颜
我们走过的寸寸脚步是诗篇

我们来自山东山西
我们来自天津福建……
建房修路，我们一马当先
疏水护林，我们勇往直前
速度与质量并重
爱心与奉献相连
同根连体，我们把四川放在心上

多难兴邦，我们把中国扛在双肩

其实我们也有夜晚的寂寞和无眠
其实我们也有分离的乡愁和思念
时光悠悠，远方的亲人正望眼欲穿
等着我们壮士凯旋

但是家国在上，人民在上
汶川啊，我们与民和谐，心手相牵
在风雨前我们同舟共渡，亲密无间
在霜雪中我们众人拾柴，坚定信念
我们不求回报，不求恩典
我们只求那百花争艳，那万水甘甜
那断墙残垣中的春风四处蔓延
这里是我们血脉相连的第二个故乡
这里是我们爱绕情牵的第二个家园

广场上的滚石

马培松

在地震纪念广场上
人们把一块巨大的滚石
安放在广场的中央
广场的周围
高楼伸向蓝天，街道通往远方
住在高楼上的人
和从每一条街道上经过的人
一眼都能望见
广场中央那一块巨大的石头
人们看见石头的时候
都会不经意地要摸一摸
还在隐隐作痛的胸口

好多年后，广场上的石头已经风化
而人们心中的石头
却依然在风中
摇摇晃晃

家园　吴晓东

一　年

刘泽球

这一年，时间比流水的速度更快，
我们还没有来得及说出，等一等。
许多事物就提前成熟了。
比如，心灵和情感。
比如，那些一夜之间满头须白的山峦。

这一年，手里的力量比石头更有硬度。
每一只手都攥紧无数的手。
曾经我们一再以为，
每一个人走的都是不同的路，
而那个初夏，
我们重新认识了肩膀和双手。

这一年，春天比以往来得更早。
梨花开满山坡，

小径上的碎瓣，
依旧拼贴出镜子般的脸庞。
天蓝得有些诡异。
我们知道，有一些目光，
在高处，留恋地把一切注视，
这一年，睡眠比任何时候都漫长，
也更为短暂。
一些人已经永远地睡不醒了。
更多的人却总也无法安静地睡去。
那些比数学公式还复杂的梦啊，
考验着我们的记忆和泪水。
会有一个叫作天堂的地方，
像温暖的匣子藏在心室的窄门背后。

第二个春天

蒋雪峰

如果灾难是积雪　在第二个春天
它无力在大地上银装素裹　继续堆砌灵堂
如果 5 · 12 大地震是一件血衣
在第二个春天　它正在被艰难地清洗为
一块重新燃烧的煤　飞进黎明　炊烟和家园

汶川　北川　都江堰　江油　安县
那一个个曾经血肉模糊的地名　撕裂的画轴
被十指连心的祖国　以温暖为臂　搀扶着走进第二个春天
砸断的骨头被重新接起
爱心如经卷一般在天空打开　众鸟诵读
把阳光在废墟旁铺成大道
让奔向下一站的马匹驮来明天的温暖和盐

在第二个春天　同草木一同破土的

是新的学校 新的大桥 新的小区 新的医院
在这之上 葵花撕破乌云 笑脸重新绽放
梦想的窗户在清晨打开
伤口在发痒 燕子在散播插下秧苗的传单
爱心巍峨 那崭新的一切高过时间和大海
陌生人 你看见了吗 那感恩的心正在把你的名字划成永远

如果死去的人们能够随第二个春天醒来
回家的路上 将看见熟悉的河流和水井
还有那旧貌换新颜的一切 他们最需要的几点
那么多死不瞑目的泪水啊
这第二个春天 会用青枝绿叶的手 为他们轻轻擦干

在第二个春天 如果你在重建 请继续重建
如果你在写诗 请继续写诗 如果你在恋爱 请继续恋爱
太阳用黄金歌唱 擦干血迹的双手在编织花冠
在一江春水中扬帆的祖国啊 今夜 轻舟已过万重山

汶川有个词，叫国魂（组诗）

况 璃

废墟上挺立着我们的誓言

十年前那个午后——
撒旦撕碎了一张日历，时间是
2008 年 5 月 12 日 14 时 28 分
那日历而今刻在地震纪念广场
刻进人心里。那是血凝成的丰碑
那曾是热泪鞭策信仰的一腔豪迈
十年，我们就用十年，三千多个日夜
亿万双手种植震区挺直的精神
……像崛起的座座新城、幢幢高楼

中国四川的汶川、映秀、北川……
我曾用十年的情怀补贴曾经洒落的泪滴
仿佛还看见那一颗颗挣扎的灵魂

那一幕幕在残垣下与死神抗争的生命
那一幕幕在废墟前自救、救援、重建
已定格为一幅画面、一帧历史
穿过时空，穿越记忆的海洋
穿越忧伤的日子，穿越暖意的人间
无论过去多少天多少年
……似洋流至今在我心中回旋

中国四川的汶川、映秀、北川……
是我心灵中最敏感的一方绿地
我看见泪水与汗水交织的悲喜情殇
听见八方援手与乡亲在死神身边歌唱
这十年，总有亮丽的喜色挂于脸上
曾令我热血奔涌，梦萦灵魂岸疆
……无时无刻不漾起我情的波澜

中国四川的汶川、映秀、北川……
在掩埋亲人尸身后，构筑着心灵堤坝
将祖先的图腾，幻化为人间天堂
废墟上的挺立，就是我们的誓言
一只手可搬起一块砖
一万双手就能托起一座城池
在重建的召唤声里，千万双手汇成抗灾洋流
……举国的臂膀扛起了崩塌的山川

我仿佛看到了汶川、映秀、北川的背后
一个高大的身影，安详如泰山
这就是祖国。有人若问——
什么是中国灵魂？民族良心？
我会毫不犹豫地告诉你——
这里体现中国灵魂！

这里最能代表民族良心！

震区·高楼·新城

三千多个日夜时空有多大？
三千多个日夜路途有多长？
一万年太久，十年时间不长

汶川、映秀、北川……多么熟悉的名字
再不是山河破碎的迹象
那曾被地震打碎的家园从地平线崛起
十年前的废墟成了人们凭吊的场所
被毁的村道是眼前笔直的街道
一座时尚新城在地震废墟上矗立

我曾多少次地搜寻
哪一片断壁残垣里有十年前洒落的泪滴
哪一栋新楼里有我曾淌过的汗水
多么整洁的大街，那么秀美的村庄
哪丛新林中种植过我的诗句
十年了，诗句未曾枯萎
那是种植于废墟上的记忆
十年呵，那么长，又那么短暂
可以让一个小小的汶川、映秀、北川……
成为中国美丽的一隅

走进北川新城，仿佛听到花开的声音
听到鸟儿的鸣唱，看到丰收的庆典
学校里传来琅琅书声，农家爆出欢歌笑语
这里是现代化新城，又是美丽乡村……

生活在地震灾区的人们脸上写满自信
比远方更远方的人们，都是这里的客人
从此世界就是一个村落
人们在地震废墟旁幸福栖居
高楼鳞次栉比，山河秀丽……
那些与日子相遇的悲痛长满了青草
那花儿是对十年前
失去生命的人们最庄严的祭祀

震区·山寨·夜色

浮云低沉，压住前面的山梁
抬头望见晚霞，竟如此绚丽
这晚霞，这世间，这如此安静的傍晚
我来探访令人魂牵梦萦的汶川

这山路，这幽径，这庭院
却是我灵魂必经之地
天上的星光，为世界涂上脂粉
散落于民居的雾霭，像浮在海面上的油花
那是山寨人家的雨季
灯光，人影，农房
屋顶花园泻下花枝开满墙头
夹着笑声、雨声，十分惬意

疾风中的劲草是那样柔美与婀娜
时间成了记忆的走卒
我们都在揣摩时间的秉性
有理由为一段记忆活着
活出风姿。时间的理由是让人铭记
在心灵的经历中滚过十年，十个 365 天
那血红中午的呼号仍响彻耳边

花开的声音穿越了时空长廊
让放纵的灵魂给了自己一个理由
这就是汶川、映秀、北川……
十年前伤痛的种子已成废墟上的森林
掩饰不了残垣下撑开的小伞
那是土地的精灵还是亡者的灵魂？
一丛藤萝织成一片花海
默认着十年前滴血的瞬间
像一个奔跑的生命带着喘息

仿佛这个傍晚，在山坡上与亲人对歌
与时间对话。十年了，我在梦的边沿行走
却能听见上天的允诺
那是时空的刻度、汶川的记忆
其实在生命之外另有时空痕迹……

暖 阳

符纯云

微风吹动羌寨的上午。阳光从发际、脸庞
照过来。一株小草在墙角
将热爱捧高，轻声喊出春天的辽阔

调皮的小红马撒蹄跑远。崭新的羌寨
飘动温和的炊烟。姿态低微的羊群
在看不见的背后，用心跳将草原洗得透亮

不安宁的大地和经卷般的生命，此时
归于安静。一切都已平息下来
燕子回来了。春天的草原开满明媚的格桑

从宽厚的生活到来，从结痂的伤口走过
镶金边的彩云，或者快乐的格桑
被天空戴上大地的鬓角，漫开幸福的色泽

删去阴云密布的冷，掏空记忆的疼
删去一笔笔大地的过错。现在，她们怀抱热爱
像阳光抱紧雪山，暖暖地淌过家园

花开的声音

吕 历

这里的每一颗心
依然是
含苞的花蕾
这里的每一寸土地
依然是
花的故乡

当依偎天上的花
不再哭泣
当守望地上的花
不再摇晃

当慈祥的花容
重回沧桑的脸庞

缝补破碎的记忆
抚平褶皱的阳光
母亲们依偎在
明净的窗前
聆听花开的声音
崭新的日子
将在她们的手中
如花盛开

手的诉说

罗国雄

这是那只从废墟里伸出来的
紧攥着一支笔，震撼了世界的小手；
这是那只不停呼喊着“救救我”的手；
这是那只四十八小时抱着老伴遗体不放弃的手；
这是那只躺在担架上，向军人叔叔敬礼的手；
这是临死还流着血，方向正对着孩子嘴唇的手；
这是把妻子尸体绑在身上，去天堂的路也要相携的手；
这是伏地支撑跪着的身体，写下短信：“亲爱的宝贝，
如果你能活着，一定要记住我爱你”的手；
这是身体被砸成三段，仍将三名学生搂在胸前的手；
这是抱起两名幼儿，来不及救自己孩子的手；
这是丈夫和妻子拥抱在一起，至死也不放开的手；
这是用四小时刨出同学，已血肉模糊的手；
这是放下怀中婴儿，把奶头喂进十多个孤儿嘴里的手；
这是那位为了丈夫的遗言、儿女的期盼，坚持了七十三小时

爬出废墟后，想收养两个地震孤儿的伟大母亲与伟大妻子的手；

这是无法直立行走的残疾乞丐伸向捐款箱的手；

这是捧着蜡烛，默默祈祷和祝福的手；

这是抚慰伤痛的手，这是擦干眼泪的手；

这是传递奥运火炬的手，这是降下国旗为死难者默哀的手；

这是万众一心、众志成城的手；

这是高高举起，呐喊着“中国加油”的手；

这是书写生命尊严的手，这是伸向危难中的亲人的手；

这是紧紧握在一起，让世界为之动容的手！

终于可以上课了

——一个“援建班”同学日记

萧融

亲爱的爸爸、妈妈
现在，我来到你们曾经打工的工厂
今天，我们终于可以上课了
清晨，当鲜艳的五星红旗冉冉升起的时候
我的眼里又一次充满了泪水
我仿佛又看到震后学校废墟上
那面不倒的红旗，还在高高飘扬
仿佛又看到那些长眠地下的同学
快清明了，他们的墓前，一定已长出了青草
而我们活着，老师说，活着的人都有使命

终于可以上课了
在异地复课，这里
校园美丽，教室宽敞
“爱心妈妈”和“代理家长”每天每天

都会代替你们和我说话
当我重新背上书包的那一刻
我知道了自己肩上的重量
我忽然觉得自己已经长大

终于可以上课了
“援建班”——它的名字叫作爱
第一堂课，
老师在黑板上写下一个繁体的“爱”字
告诉我们爱里面有心，有心就有希望
当我伏在崭新的课桌上
便想起一首歌：“阳光总在风雨后”……

爸爸、妈妈，我想你们了
想家乡的炊烟、门前的小溪
想漫山遍野的油菜花、红樱桃……
请风借给我一双翅膀，让我飞翔

十年（组诗）

哑 鸣

北京大道

出什邡城以北
一条笔直的大道出现在眼前
晴朗的时候
城中能清晰地看见远处绵延的龙门群山
仿佛千年前李冰父子开凿河川的身影仍没有走远

除了有摄像头的限速路段　其余路段开足马力朝前
像一只脱笼的困兽
空气里有河流与远山的呼唤
沿途经过马祖故里、鱼江新村
佛祖的祥瑞之香　一路相伴
渔江村的葵花　像朗朗当空的太阳
焕然一新的村庄　笔直的大道

心跳一阵阵加速

向前向前　绵延的群山敞开了她热情的怀抱
高景关巍然的身影
那根浴火而生的石柱屹立在关口
就像饱受灾难的山民顽强不屈的身影

从大山到城市
曾经　这条路充满曲折与颠簸
在一场风雨面前变得十分脆弱
在一场灾难面前变成几度中断的生命线
今天宽阔笔直的沥青大道
气度恢宏的跨河大桥
几辈人在梦中也不曾想过
眨眼魔术般实现

人们仿佛才从梦中突然醒过来
所有昨天的故事与身影
被耳边快速掠过的风
弹指翻篇

向前向前
无数朝阳般的梦想不断破壳而出
带着火一样的激情
正在脚下这条笔直的大道上快速奔跑

十 年

十年的时间
那些受伤的草木早已重新长出

那些惊惶的时间早已恢复有序的心跳
那些断裂的张牙舞爪的钢筋
像一团来得快消失得也快的积雨云
早已消失得无影无踪
曾经的泪水
被四面八方建设者额头上闪亮的汗水
换成新家园中的一张张笑脸

十年说短也短
一个新生的婴孩从孕育
到呱呱降生
再到走路说话
重新走进学校也没几年光阴

十年的时间

说长也长
假如没有那场地动山摇
如今孩子站在面前
早已超过了父母的肩膀

十年
曾经的断壁残垣
彻骨的伤痛被我们深深地埋进了心底
随新生的阳光雨露
我们一起挥起手臂再建一个新家园
四面八方的援建者日夜奋战
高楼迅速崛起
四通八达的公路快速铺开
彩虹般的跨河大桥建成通车
山里人从此不再担心雨天不敢出门

十年　的时间太阳升起落下
人世间又产生了多少新的悲欢离合的故事?
十年　这不是简单的时间推移
是一块受难的土地上所有的生命
满怀信心和力量在静静地拔节
待一个晴好的日子　我们一起站到高处俯瞰整个汶川大地
这方水土依旧美丽　生机更加勃发
仿佛岷江峡谷中急急的风
十年前
摧毁了整个汶川大地
十年后
变成汶川城头一朵幸福的溜溜的云

灾后重建，我们的家园依然美好

——青川竹园镇新居写意

杨 通

一

回想那个悲苦的日子，我们生命的池子里已漏干了泪水
而春风和阳光，仍然向诸如荞麦一类卑微的禾苗
倾注明媚的火焰和慈祥的雨滴

头戴先祖草编的斗篷，我们已经学会了忍受一切不幸
例如，“5·12”地震突然摧毁我们的家园
夺走孩子们晾在树上的绿蝉和新衣
夺走母亲和姐妹们绣在窗帘上的温馨花瓣

面对父亲坚守的麦田，我们的双手始终坚强而富有
沉默或者歌唱，我们都会把祖传的犁头
深深地耕耘在温暖的泥土里

今天，我看见竹园镇的影子在新墙上浮动
我们的父老乡亲，就像书案上那支永不屈服的笔
继续在灾后的土地上书写着草木、花果、粮食和牛羊
为此，我深深地感动，这些蠕动在生命中的幸福的色彩
和粘贴在岁月里的任何灾难都洗不掉的五谷的芬芳

二

春天拔节的声音，如此葳蕤
竹园镇，青砖碧瓦的家，如雨后春笋
把趋于宁静的田野唱得青翠欲滴
生活蓬勃的诗意，被美好次第打开

曾记否，我家的羊群被圈在昨日的废墟上做惊恐的梦

而今天，鸟儿们已把风和日丽的日子
画在蓝天下孩子们辽阔的画板上
父老乡亲，那些劳作的身影，那些善良的面孔
那些生生不息的汗水，养育着岁月深处坚韧不拔的祈望

竹园镇，在时间的翅膀上
我不再左顾右盼，不再伤痛地飞翔
沐浴着你满怀的花香，我沉醉在你黄昏温馨的酒窖里

金桂在田野里婆娑起舞
秋风丰满的脚步迈进了金色的稻田
我捧起琅琅读书声，点亮你园内的灯盏，看见璀璨的竹园镇
是那些在灾难中走失的托梦人，从天堂里捎来的
对大地最温暖的祝福

十 年

邓德舜

十年磨一剑，在利州猎猎风口
磨出了一个凤鸣三省的新广元

今天美好，我们于这片热土长风舞剑
剑随心动，百鸟朝凤，天地和弦
吟诵十年砥砺的豪迈诗篇

十年之前，大自然突然发难
山崩地裂，家园破碎，生灵罹难
那瞬间，我们渺小如囚鸟
困在钢筋水泥笼子里面
惊恐地看着笼外隐形的魑魅
无情地制造着苦难
以致万籁悲吟，神州国殇

那一刻，我们没有放弃
拼命从瓦砾废墟中挣扎出来
迅速擦干泪和血，与举国
齐刷刷伸过来的亿万双手紧握在一起
与真情共振的亿万颗心相拥在一起
祈逝者安息，愿生者奋发

那时候，我们真正感受到强大祖国的温暖
八方援手，源源不断地送来物质力量
修桥补路，挽救伤城，激活广元造血因子
四海兄弟，风雨同舟，与我们一起重建家园
大爱无疆，帮我们疗伤鼓劲，点燃信心和希望

那日子，我们想用最美的词汇表达内心实感
却发现所有的文字都不够深刻

我们情不自禁，仅以热泪表达了感激
我们挺直了脊梁，言行坚定——
“出自己的力，流自己的汗，自己的事情自己干！”
“有手有脚有条命，天大的困难能战胜！”

就这样十年，我们磨亮了剑门之剑
刻上了“厚德行广、坚韧自强、创新开元”铭文
神剑闪烁着五星光芒，统领着广元山水
爆发出十六个 4A 级仙境和若干个时尚城镇

就这样提振精神，勠力同心
我们用高楼风格大厦艺术覆盖废墟
用高速铁路公路和水路抚平伤痕
用生态绿色和自然花卉打扮乡亲康养乐园
用日月星辰的昵称

给每一个崭新的城市乡村取上时髦的网名

就这样无数乡音俚语从风雨山乡乘彩虹驾临
当上了凤凰之城的正宗市民
他们的新新名片像天然的鲜花和蔬菜
在城市的拐角处晃动
逗着城市的眼睛

老人们牵手在凤凰楼观景，点赞
东坝西坝南坝袁家坝万缘坝坝坝有喜
废墟之上爆发出欣欣向荣的物质和精神
老人们的悄悄话里飘扬着“粉丝”“微信”
关于儿孙的幸福、时间的兴旺、事业的发达
关于马踏飞燕，兰渝铁路飞机场高速公路互联网已不新鲜
西城高铁亭子口水利金橄榄艺术万达广场还算热词

是灾难，让大家明白了什么是自然与人的力量
悟出了灾难后大自然自我修复的本能和道理
鼓足了不屈不挠坚守初心从头再来的勇气
深化了凤凰涅槃浴火重生的广元情结

十年前，我们因惊恐和伤痛而流泪
也曾猜想是死神心软，给了我们一次反省的机会
十年后，我们因脱胎换骨而感怀
用初心把“5・12”解读为
“我要爱”“我有爱”

汶川的云朵很轻

方志英

仿佛拿起竿子，放肆地
撩起我的衣裙
风，没有顺着来路吹
听得见，也看得见
龙在山间吞云，吐不出雾
身子扑出悬崖的三棵老树
比风倔强
护着蓬头不垢面的我
云朵很轻，阳光也不曲折

这是萝卜寨岷山大峡谷观景台
——空旷模仿沉默的中年
有山在推来，有山在涌去
它们和倾颓的土房，搬弄
莫测风雨给沉默寡言的石头

汶川大地震的遗迹刺痛鸟的脚趾
光亮逼走阴影，泥土温习葱茏
新拉索唱起活力和生机
交织出无限明媚
岷山的子孙安居乐业

表 达

沙 马

我相信爱，相信天空下的微笑
传递着美妙的音符与露珠的幻梦
我相信，无数的心连接在一起
那强大的磁场，就能遏制大地上的悲痛

过去了，瓦砾中的呼吸与血滴
过去了，黑夜中的嘶吼与哭泣
八方的亲人来了，心手相连
废墟上，灯盏渐渐蔓延成彩虹

新的家园，露出温暖的亮色与笑容
山寨里，那些在灾难中存活的人啊
用什么方式来表达内心的感慨与悸动

献上香醇的美酒，吹起悠扬的羌笛

舞动欢快的萨朗，双手呈上
热烈的红绫，表达最赤诚的谢意
一声声“纳吉纳鲁”，表达对亲人的祝福
冷暖同心，休戚与共
仰望，和谐悠扬的音乐飘荡于星空

浴火重生之后，生命绚烂如花
手捧质朴滚烫的愿景
表达敬意，表达对亲人的爱恋
表达对生活永远的热情
表达生死相依，表达热泪盈眶的爱与感动

灾后新歌（组诗）

——纪念汶川地震十周年

孙梓文

什邡：地震遗址纪念园

阳光晴好。穿心店如今的模样，定格了
那一天的白。灿灿，耀眼
摇动心海深处的潮，就像百万年前的
那场冰川，掩盖了我们的呼吸

沉默的三星堆，没有用那片白
为他古铜的脸，增色。他要
记录的，是崭新的奇迹
在这一片土地上崛起

罗汉寺重又香火缭绕
沉睡了两千多年的李冰，一定也在
那一天，望见了这一片废墟

他想起了他的都江堰，受过的
那场疼痛。他起身，向着那
从石头和断墙下盛开的花朵与
爬出的青草，敬礼

北京大道，从心脏出发
把血输到了这里，重又连起了夏天火热的
绿色。连起了稻田、农舍，阡陌纵横的水乡
连起了鸟鸣，连起了北京与四川
连起了崭新的歌声和传奇

汉旺镇：汉王，你听我说

汉王，你是否被剑南春

醉倒？不然，你何以
歪歪斜斜，挥动马鞭，把那些
青山敲打得遍体鳞伤

你应该扶起玉妃的泪滴
就像扶起我残破的诗行，那些
遗落的文字。扶起东方汽轮机厂的繁忙
扶起校园的琅琅书声，扶起
商店的熙来攘往，扶起河滨的
如海绿荫，扶起居民小区的欢声
笑语，凝成大地震的琥珀，收藏起
我心中那弥漫悠远的疼痛

汉王，这里的蝴蝶花又开了
拄拐的老人，依然蹒跚前行

孩子们的笑声，越过断垣残壁
在那欣欣的爬山虎上，荡着
秋千。绿树，新楼，在大地上
重又织起感恩、奋进的锦绣
你一朝酒醒，便会看见所有的人
从心底生长的音符，拨亮一盏
盛世的明灯

吉娜羌寨：北川新生的图标

爱与温暖铺就的绿色，将吉娜羌寨
浸染成一幅优美的国画，而我伸手
可摘的枇杷，还在滔滔的河岸，用金色缤纷
的目光，召唤把它植进泥土中的大手

大禹，你忙着治水，三过家门而不入，而今，回家的
那条小径，你认不得，那就走这条笔直宽阔的
山东大道吧。从曲山镇到永昌镇，你不会
陌生，因为，你的亲人和朋友，都在这里

你会瞧见梦中的羌红，挂在醒目的碉楼上
羌字旗上，你会乘兴写上许多汉字：“新房子，
新家园，新生活，新产业，新希望”，在青山
绿堤，在羌家小楼，织成一幅幅羌绣。你会
举起大手，把那面红色的五星旗，插上
心潮澎湃的羌乡最高峰

暮水清音　吴晓东

汶川，凤凰涅槃（二章）

曹蓉

那一天

全世界都在哭泣，那一天。

那一天，最后一片叶子，被一场突如其来的大地震带走。

汶川，一片死寂的废墟，只剩下一幅即将消逝的残照。

大自然以最决绝的方式，卷走了一切。

那一天，天崩地裂。地球强大的应力，从映秀莲花心沟爆发。莲花死了，每一朵“花瓣”变成了千万颗天崩石。

青山消失，家园破碎，成千上万的生命被深深埋葬，永不复见。

渔子溪流淌着悲伤，一位幸存的长眉老人指给我看，那个状如莲花的地方。说亿载之前，那里是莲花心，每隔两千年开一次花。可是，谁都没有想到，两千年后，莲花开了，那一次惊天动地的绽放，竟成为人们最后的情殇。

那一天，我们无法面对无数生命的离去。

我们无法面对那些生者的痛苦，无法忘记在黑暗中惊恐的面孔，在瓦砾中寻找亲人的悲恸与绝望。

那一天，我们无法忘记那场巨大的震殇。

生离死别，活着的人无法承受的生命之重。

灾难，残酷地摧毁了人间的天堂。

历劫的暮色里，我回望西羌，一棵树顽强地站立着，

像执拗地向天空张开的双臂。

那祈祷的姿势，意味着永恒与希望吗？

复 活

你是涅槃的凤凰，还是凤凰的化身呢？

或是，从伤痛的莲花心复活的，那一朵莲？

曾经悲伤成河的汶川，我还能找到你吗？

你已经变成了：从地心迸发的清流，原野绽放的鲜花，
天堂的回声……
江水绿着，顽强地裂开暮色，倒映着一幅蔚蓝的长天，
一帧青峰和白云的剪影。
你依然在，依然美丽。
你把自己站成了岸，站成了挺拔的万仞石山，以不屈的姿势
站立着，像几千年前征服岷江的，禹的背影。
你从这片饱受重创的羌地，拔地崛起。
奔腾的江水，洗去了撕裂的伤口；连绵的芳草，覆盖了所有的
千疮百孔。
废墟之上，一个新生的羌城，见证了你的轮回。
在那里，渔子溪缓缓穿城而过，清澈的浪花，宛若盛开的一朵
朵莲。
劫后余生的水磨古镇，如翔于九天的凤凰，衔香木投身烈焰，
在灰烬中永生。

云端里，曾经在地震中倒下的碉楼和萝卜寨，以一种绝美的姿势，在苍茫里，屹立着，一个云朵上的民族，坚强的背影。

太阳东升，凤在唱，凰在和。

历经劫难的古老大地，在不灭的希望中，浴火重生。

骨折与地震

——致汶川地震十年

西 雅

碎裂的骨头成为内体
难以支撑的意念
佛说，舍身饲虎与割肉喂鹰
同样是因果报应
手术刀由此切开的弧形伤口
被十三对黑色针眼锁住
曾经的蝴蝶翅膀

神经阻滞麻醉打了两回
地震也是两次
汶川与芦山同样被大地晃动
痛楚的尖叫划破西蜀的天空
而手术还要再来一次
在九寨沟的仙境中

医生说，可能因为器械型号
不吻合，钢板取不出来
要有心理准备

一片钛金板九根螺丝钉
注定要做两年半的骨骼伴侣
它们扶助并带来深切的痛
灾后重建与此同时
抬高，举起，缓慢打开
肌肤从枝头绽放暗红的春芽
像从幼年开始
恢复已经停止的骨髓造血
恢复一只胳臂的功能

房屋、人心、区域功能
迎接自然力量的挑战和毁灭
生存抵达生活
重建家园与信念的勇气
骨头折断被续接，与震后
地区性重建恢复
等待中的奇迹，其实是
全部的生存意志

用诚挚的激情
弥合曾经的伤口与痛苦
打磨月光下的一把刀锋
照亮暗淡的光芒

月色如是，佛已不在
在一道疤痕的面前
微风止步

时间的聚光灯撤掉

羊 子

一

哎哟一声，目光趔趄了一下，
扯痛被宠的优越。
这一江两岸新生的事物，
在蔚蓝天空的对面，
旋转着未来。

走过去，我亲爱的诗句，
一把搂住这一切，
失去灯光的舞台上的一切，
眼里迷惘，声音战栗，
大脑中空白。

二

风，早已翻过山头，
因为赶路，
留下一大湾寂静，
烟雨葱郁炊烟，
星空飞出小鸟，
正午挑来清晨和黄昏。

岷江的枝头上，
羌寨一朵一朵散出幽香，
莎朗点燃山歌，
火塘沸腾咂酒，
我的心，我的心扔掉思念，
跟了枇杷追随樱桃，

杏子牵出李子，
核桃挽着枣子的手。

三

站在涛声之外的岷山之巅，
胸前万象澎湃着内心，
忧愁湿润双眼，
那些被巨大海浪掀来的时空，
纷纷涌进千沟万壑，
嵌入一株株生命。

钻出大地，朝天奔跑的生命，
一一埋下遗传的头颅，

扔下簇新的绚烂，
纷纷欢笑，
在钢筋水泥的威仪之下，
历史隆隆无声的车轮，
正在转弯，
像我在朗诵自己的诗篇。

绝望的翅膀在时间底层，
一点点星光在腐烂的中央，
锋利的路途悬挂当空，
天意在深渊，
他们，都在等待我的结束，
等待语言走出人类，
脚步回到爬行，
时间压迫生命的视野。

四

我的渴望走过荒漠，
热血煎熬酷热，
我将自己凌空放逐，
千年一瞬，
我把自己隐藏在未知的领域，
万年一念。

劲劲消化重重高压，
盈盈照亮层层漆黑，
我知道，知道物质的方向，
我的心的芳香，
正引领万千纯净的美好，
跃出宇宙，

轰然，铿然，种种有声。

我看见我的倒影，
微笑在文明最好的昆仑，
绕膝一群高原和江河，
放纵无数生机，
灵魂相吻，尊严相拥，
在我筋骨肌肤之中，
时间忙来忙去，像个真正的母亲。

爱

白 林

一

雪山流水长。斑斓的老虎，纵身飞跃
消失在五月的花丛。
怀念您的十年，三千六百五十多个日夜

寨风的声音如一枚枚的钢钉　楔入骨髓的软处
离去的人，挣扎在雨水淋湿最后无力呼出的一口气

光阴带不走，生命轮回的泪水。春天燕子归来
新的建筑，新的城市，新的街道。就跟新年一般
注定是要与降临的春天同步而来

该回来了。流向远方，最终把岷江流淌的思念汇入蔚蓝大海
一次次的台风化为无形的升腾，将雪白的云朵送至苍穹

亲人就埋葬在那里，那里已经长满星光照耀的经幡
蹒跚的枝叶，祭奠着比苍山还要冰色的皎洁

绵延的山水，一滴喀斯特的眼泪，至多增添一页九寨蓝的
沧海桑田。数不过来的沟壑，落进年轮里的尘埃

每看一眼心底便缓慢地多了一点钙化堆积的桃花汛
就像在《山海经》的年代，一头叫兕的祥瑞铠甲般的厚实

新与旧，群山的形成，一念之间亿年的光阴消失
当生死的无常，彳亍青藏高原大地，生者需继续前行
就像地层底的煤，将爱焚烧成比初升的太阳还鲜活的人生

二

地震告诉我：山有生命。水有生命
树有生命。其实，灵魂也有生命

当溪流干涸，森林消失
次生林生长，加速衰退的不止
是汉字的繁体与点划

地震告诉我：任何物种的进化蜕变
与天气的变化有关。跟上苍的脾气有关

唯一永恒的：是爱！

爱告诉我：那是若干人的生命代价

是共和国总动员的无限大爱

爱告诉我：汶川，是大禹的故乡
而在大禹治水的远古，谁拥有了息土
谁就能抵挡洪水的泛滥

爱告诉我：一滴水的光芒
就是一个大千世界

世界，一重如高楼大厦，直插云霄
世界，二重像地狱，谁将会下地狱
世界，三重必将浴火重生，浮图般让阳光普照
一只叫汶川的山羊，咩咩叫着，生儿育女

以羌红的名义，倾听岷江的波涛

安居乐业

三

琼鸟。驮着鹰的脚爪，飞越群山皑皑的三江
就像理塘的那只青鸟，衔着一枝星光灿烂的水草
低旋徘徊。水雾溪畔，青鸟的翅膀飞掠之处
给了这片广袤的高原，赐予了吉祥安康

沟壑峁梁，既悠久又沧桑
庭院的葡萄、芍药、牡丹，春天细雨的滋润
梦境似呈现出彩虹的画廊

水跟汉字有关，跟仓颉的想象有关

也跟汉唐的气象体现出丝绸般大气的柔软有关。

西南。意味着山川河流，意味着长江
岷江，涪江，众流归一

意味生活在地震区域，震荡之后
一声婴儿的啼哭，一次生命的诞生

男人女人的爱，生殖繁衍的生生不息
当若干年的花香芬芳着大地再生的涅槃时

唯一的喜悦　　像春雨般缤纷着五彩的哈达
所有的心血　　绽放比三月桃花还要娇艳的颂词时
能够唤醒的骨头、灵魂和绿水青山
浓缩成一个字：爱

这十年的光芒
照耀着人性深处最为明亮的
对一个个鲜活生命的呵护

逝者的生命
成了福荫
庇护一路前行

又见北川

白鹤林

纪念日的前一天，
我们又见北川。

她像一个淳朴而柔韧的羌族女人。
以沉寂的山林和热情的风，
包容我们的遗忘，
也欢迎我们的回归。

在山寨的午宴上，
唱起我们熟悉的祝酒歌。

我知道一切都没有改变过。
除了逝者已经走远，
除了废墟上年复一年增添的葱绿，
除了当年应景的诗句，

已被我遗忘或丢弃……

你看见了吗？
那些木楼上谈笑风生的姑娘和媳妇。

她们脸上云朵一样的微笑，
如初夏明媚的阳光，
和来自高峰幽谷的山泉。

代替被夺走的爱，
代替那些亲人停止的梦想，
抚慰我们沉默的灵魂。

又见北川，
是一首不断被重写的同题诗。
主创者不是你或我，
而是这羌乡世代相传的美人美景。

羌红窃听我重新激活的心跳（三首）

祭鸿

我在遗址看见失散多年的兄弟

我在遗址看见失散多年的兄弟
和他的女人，隔着烛火跳动的温暖
枇杷一样饱满的微笑，如挂在枝头的一尘不染
腾出一只手，将心里的钢筋连根拔出
挤干苦水再吸足阳光，眼里终于长出翅膀
攀上人心之巅，捕捉浮云的变幻莫测
要逃就逃进废墟下面，要躲就躲进蚁穴中
时光从雨水的缝隙渗漏，无论以谁的名义
我都不会被你带走，即使信仰陷进泥潭
我也是一截永不沉没的枯树桩

写给故乡的家书，是一张过期的准生证
忧伤禁锢成一潭秋水，望乡台下，我的兄弟

钻进我的肺胸，渗入我硬化的毛细血管，在七月半
成为躲在门后的祖先，贪婪地吸食刚点燃的香火
冬天已经在不远处磨刀霍霍，穹骨缩进体内
香烛燃尽，所有的祝福便被踩在脚下，这日子
越捂越有后劲，越刨越显原形

背土豆的女人

一条胳膊留在废墟下，陪伴长眠的青春和爱情
从废墟里捡回儿子绣着羊角花的书包
和少一条腿的男人。阳光将体内的冰块击碎
你将残缺的身体当礼物，送给秋天
女人和男人，互为拐杖，一夜之间
捏出一个玉米般饱满的儿子

见风长高，如丝茅草放肆地摇曳

撕裂骨髓的痛被夕阳包裹，埋进土里
长成半坡土豆，和拔不尽的白发
一只衣袖荡出秋天的萧瑟，土豆在背上
沉重如踏实的希望。少一条腿的男人
在吊脚楼喂养炊烟。天际线缝补日子的撕裂
生活就是矮矮的屋檐，黄土滋养初秋的雨水，空袖管
被孩子牵住：“妈妈，我上学时可不可以用哥哥的书包？”
背土豆的女人，将灰暗的暮色笑出一抹霞光：
“儿子，那就是你的书包。
哥哥已经转世，成了你。”

羌红窃听我重新激活的心跳

总有一条能套住我，如前世未解开的结
迎客的乌铳，将乌鸦赶往冬天
我站在石椅羌寨吊脚楼上，看寒流之外
伸手够得着的，不远处我的老年
鼻息涌动如秋水，另一个我走向虚无的背面
歌声清亮，如十年磨出的锋利。隔着精致的面具
洞穿前世的罪恶与孽缘。我在羌红的牵引中回眸
早已分道扬镳的青春。思念在瞬间勃起
秋天躲进我体内，如冷却的陨石
日子被咂酒装点，加了蜂蜜，
依然如鲠在喉。你在我的左腕
偷吻着我散乱的脉搏，窃听我重新激活的心跳

被坚守的三千六百五十多个日子

梦 非

疼痛和感动来自一个又一个瞬间
它们连在一起
组合如拂过季节的风
成了五月到五月的过程

我在过程里生活
和许多人共同坚守
相互支撑
微笑并且流泪
怀念一切
也被一切触动
如某月某日的清晨
风吹过岷江河岸
细雨纷纷扬扬
我伫立街边，用泪光送别

一群人向远方走去
草绿色的身影背负着灾区的痛苦
想起曾经
他们飞奔而至
在 2008 年 5 月 12 日后依旧摇晃的龙门山深处
用生命拯救生命
眼泪和汗水滴入泥土
废墟上绝望的种子
便复活过来
成了开花的树

三千六百五十多个日子
悲情总会从某个时刻开始延伸
直到痛彻肺腑
我在多元状态下生活
如果夜晚有雨
听落在帐篷上的声音

就能想起雨打芭蕉
与渲染的那份愁绪
如果不停行走
每一个情景都是沉思
像开在震伤上的花
漠然穿过路途的人

悲情总产生在感动之内
我守望它们
从一个日子到另一个日子
并用各种方式记忆
紧握花瓣般缤纷的爱心
持续光阴里的生活
谁呼天抢地后的人生
已坐在迎春花下
身前身后都是重建的家园
数一遍自己的手指

便计算了一次未来

而让怀念与展望同步前进
则是心灵上的事情
时间很长也很短
我感悟世事
看见生命很脆弱
生命，也很坚强
死和生都是一种状态
于守望中领会禅意
所有日子都是相同的心境
善之花开在废墟上
大爱无疆
宽容与人性的美丽
正茁壮成长

被阳光普照的羌乡山水（组诗）

许星

石椅羌寨联想

在石椅羌寨 每一片阳光
都是盛开的花朵 每一缕羌红
都是唯美的祝福 每一曲酒歌和萨朗
都是前世和今生醉美的生活

我想起年少时某些熟悉的往事
那个与石椅山水之隔的观音桥或简家店
庄稼拔节的声音 绿满田畴的秧苗
守望的玉米林和母亲温暖的微笑
在五月的故乡摇曳和歌唱

而在石椅羌寨 我却嗅到了
与母亲一样善良的羊角花香

似一杯乡愁 吹散了我满怀心事
和不忍提及的忧伤
在一杯杯咂酒里 我听到了爱情的雨水
正一点点打湿我孱弱的身体和迷茫

在石椅羌寨 我将告别许多
陈旧的岁月 只对这个季节保守着
属于自己的感动和秘密
因为它的葱绿 崇高和敬意
像我水上花开的诗句 在每一片
丰腴的土壤 甚至每个早上或者黄昏
快乐地发育 成长……

湔江怀想

在一片老去的时光里 我看见
微笑的天空 聆听湔江温暖的歌唱
被大爱填满的浪花 像盛开的
月光 丈量灵魂的深度
搁浅的黎明 描摹出曲山的绿
和望乡台旺盛的香火与虔诚
湔江两岸 一拨一拨的人
像春风 抚摩北川曾经美丽的忧伤

在湔江 我像一叶茂盛的水草
与一朵朵纷飞的羊角花相遇
那些坚硬的雨水 闪光的酒歌
把我疲倦已久的苦难和情事普度

疼痛的历史都被流水带走了
安静的月光种下我所期待的憧憬
我像一尾远离故土的游鱼
在黄昏敲响的夕阳里叶落归根

在插满亲人血骨的震区

郭毅

在插满亲人血骨的震区，那巨鞭
豁开的山脉，那石斧砸断的河流
顺着不堪重负的村庄，碎裂成
我的心痛，一直以来，春暖花开
又落叶萧萧，陷入冰窟
封冻了不愿揭开的疤

那一天，总有人在我的眼里出现
一些露着笑脸的孩子瞬间就凝固了
一些掉头出门的兄弟姐妹转眼就消失了
……
他们来不及打开书本，读出牛羊温馨的回眸
就在山道上，被梦魇的手
死死拽住，顾不上对手是谁

那一天，从汶川映秀出发的人
向着松潘、平武、北川、青川……
被来自地底的巨鞭甩向很远
以致十年中，不曾回来审视新的村庄
在他们经过的那条新劈的路上
或在隧道，以高速发达的动力跨向远方

那一天，地底的狼嚎，一波三折
根本不在意救援的手
它只顾俯身拱力，前爪猛扑，后蹄狂蹬
让大地瑟瑟发抖，把我刚刚睁开眼睛的亲人
又一口口顶在尖锐的牙齿上
顾不得看一眼慈祥的父母、怀孕的妻子、英俊的兄弟

他们像我亲手埋葬的亲人

残缺不堪，又把原始的力传给我
让我顶着他们的尸体，缓缓撑起
给大山缝补绿的理由
给道路通达宽敞的道理
给人类继续活下去的意义

当我以一个军人的身份，从理县杂谷脑河
一路疾驰赶向汶川灾区的时候，我的亲人的血骨
已经插满乡土，他们静无声息
我眼里的风雨，尚未返过神来
他们的魂灵，已经向我终生热爱的樱桃树
结满一串串酸甜兼顾的殷红果实

除了恢复，我真无力想象更多
作为诗人的潜质，我也不会借助梦想

去为他们写一段祭文，他们太无辜了
我也生怕再以阴霾的光阴
给他们本来阴影的心再蒙一层新霾
我当以一个军人的姿态，抵御邪恶对他们的再度侵蚀

此刻，那巨鞭豁开的山脉，伤口渐渐愈合
那石斧砸断的河流，顺岷江岔开小溪
清澈到每座村庄，已码起崭新的高楼
从一扇扇敞开的灯火里，我的亲人的血骨
正沿着灵魂幻化的美好，找到确凿的芬芳
一朵一朵，一直篡改着我的人生

甚至，当生活越来越美
我牵着妻子的手，一起散步
看见山坡上绿色掩映的村庄，我还以为

那就是亲人的血骨，出窍的美
但我从不向世人谈起，因为这就是我身体的疤
一旦提及，外表大美内心巨痛

在崇州道明白塔湖问道

彭志强

戊戌新春在崇州道明白塔湖问道。
山知水道，水知山道，互为知道。
择水而居的竹子因为透明而取之有道，
方圆 36.1 平方公里的竹编，从不编造谎言。
湖水周围的丛林只负责停留飞鸟，
栖息的故事。
即使是十年前因为地震而恐慌的石头，
也被托举崇州上升的白塔用一湖月光
酿制的中药，敷好创伤。

这里缀满五彩石的天空已经蓝得不真实了
每年还和菜花蛇一样，不断埋头苦干
研究深邃，脱掉陈皮。
让期待的蓝更蓝，让龙黄村的黄更黄。
于是写诗的诗人，写生的蜜蜂，写意的照相机成群结队，呼啸而来。

因为道明的花没有悬崖，只有花做的海。
你对桃花说爱，桃花就会娇羞，以你为道。
你对樱花说爱，樱花就会下雨，为你开道。
你对油菜花说爱，油菜花就会伸出一千只手，
和你结实的想象力相拥，用一万根手指
指引出一条可靠之道。

在崇州道明白塔湖，还有一种道
叫做把美好制成标本，书到用时
用之不竭的道。

江畔人家　吴晓东

北川十年的记忆（组诗）

良 草

新北川

十年了，你在地震中旧去
也在地震中老去
人们忘不了“5·12”那一个灾难日
骨架连同钢筋在一起弯曲
血液连同雨水在一起流淌
废墟下的哭声是无助的呼喊
绝望如低沉的天空
压抑着多少生命的呼吸
你的断壁残垣坚定了一个民族的信心
也坚定了一个国家的意志
山东援建，让你以新北川的姿势拔地而起
那亲切的咂酒歌又回荡在你的四周

十年了，新北川在春光中日益崭新
一条安昌河，倒映着你的时代架构
在你的风格拼读里
我们读出了北川羌族的民族气息
也读出了山东齐鲁大地的宽广胸襟
还有，那些街道
那些路标
那些张扬大爱与阳光的楼台亭阁
是新北川难忘的记忆
是感恩的天空所注解的一抹风景

十年了，新北川在向世界证明
一个民族的力量
一个国家的实力
是不需要任何的形容与夸张

如果来到永昌，来到新北川
走过禹王广场，穿过巴拿恰
那羌风一条街
有感恩的羌绣铺排着悠悠羌韵
一种心情在打开的新北川面前
有了生活的衬托与甜蜜
有了一生的惊喜与欣慰
如同羌歌飘过新北川的上空

新北川中学

记忆横过十年，新北川中学
是新县城最平整的一块土地
225 亩的数字

守望着一些花朵般的目光
守望着琅琅的书声
在每一个早晨从这里响起

新北川中学，你是新北川
一个标志性的标志
你的高度高过了一个国家的关注
你的宽度宽过了一个民族的心灵
你用羊皮鼓击响了山川与明月
你用锅庄跳出了未来和喜悦

新北川中学，你是苦难后的永生
五所院校的鼎力设计
让你以雄伟的姿态面向海外华侨华人
面向港澳台胞，面向归侨侨眷

面向世界每一双注目的视线
你将希望写满了十年的每一张卡片

蓓蕾绽放，那些甜美的阳光
拨开灾难的痛苦
像芨芨草一样在春风中展露
伴着羌歌羌韵起舞的羌家儿女
天地会为你们祝福
羊角花会为你们开放
因为新北川中学，你是未来的装点

北川十年的记忆

北川十年的记忆，山一样沉
伤痛的部分很难忘却
另一部分就是援建的大爱
已化成北川人民感恩的血液
篝火点燃，青山作证

那些在十年岁月里过去的
与过来的点点滴滴
让一片山河暗生激情
让羊皮鼓、羊角花交替生辉
让咂酒歌、羌笛声互道心声
让北川的日子红红火火

站在北川永安大桥，从一个垭口回望
那一瞬间的灾难
那些倾倒与垮塌，那些死亡与流血
那些哭喊与泪水
还有，那些无助与自责
汇成了一部影像留在了我们的脑海里
让我们深深地缅怀与记忆

走过北川的禹王桥，新北川新家园
羌红火焰一样在洋溢着祝福与吉祥
阳光伴着咂酒醉了新北川的每一条街道
一些商人来到新北川的巴拿恰
在一种民风的感染中
让心情守望着日子

北川十年的记忆，山一样重
那擦干泪水的双眼
充满了不屈的意志和信念
沉重的记忆解冻着河水
地震灾难后的北川人民
以感恩和奋进书写了一部民族史

青花瓷

印子君

十年前，5 月 12 日那天
一个叫汶川大地震的酒鬼疯了
趁午休时，来推我的楼房
来撞我的家门
大地，也跟着摇晃
整个世界都变成了酒鬼
走起路来像在跳舞
所幸，我的楼没有倒，门没有坏
但摔碎了我的青花瓷
我不能让传家宝就这样毁了
我不能让无法复制的亲情
就这样碎去
我捡起一块块碎片，小心粘连
每一块碎片都是我的昨天
并且变得锋利

我粘连碎片就是在复合我的家族
当碎片割破手指
我才看清祖辈的眼泪是血红的
十年过去，青花瓷
又扶着影子站起来
回到我怀里
我必须与时间相守
一起古老
让青花瓷的裂痕
渐渐变成花纹

废墟上的歌唱

易 杉

一个人的广场，无名者的存折，
剩下我的脚印，丈量死亡的宽阔。
最后一片天空，放飞受伤的鸽群，
剩下一滴泪水，安慰低处的灵魂。

夜晚的一半，让我看一眼头上的飞机，
剩下这些零钞，以备穷困的日子。
撕碎的日记，
剩下呼吸，我在你的山上栽种更多的百合。

飘扬的红旗，我成为意外的幸福，
剩下一面镜子，时间是空洞的脸，也是
我们无法抵达的梦境。

剩下蟋蟀，剩下草坪，剩下朝向天堂的小径，
远古的父亲，在人群里看着它的儿女——
那些永不改变的血脉，闪闪发光的胎记。

羌山警魂

熊游坤

站在巍峨的羌山
你站成羌人钢铁的脊梁
走在蜿蜒的护城河边
你与岷江的河水一起奔腾流淌
你铮铮骨臂紧握钢枪
钻丛林，越沟壑，追凶擒狼
将意志百炼成钢
鹰嘴岩边
你的身影举起一座山峰
水磨古镇
你的身姿立成英雄的雕像

你穿越茶马古道走来
匍匐在克枯栈道上
跃过七盘沟九道拐

沿着威州长长的边陲线飞翔
你是羌寨上空永不消失的太阳鸟
给予了羌山藏水如意吉祥
你用青春点亮警徽
用热血浇铸蓝盾
红色荣光映照梦幻三江

“2008” “5·12”
天公将一条破碎的时光长廊
无情地刻画在汶川的山岭之上
瞬间群山挪移，村庄消失
数万生命永失光亮
而没倒下的、没消失的
是身着藏青色警服的雄鹰
羌族忠诚卫士坚硬的脊梁

那一刻，钢铁之躯顶着死亡奔跑
警徽在美人谷像北斗闪着生命之光
迎飞石，战塌方
奔赴那些沦陷的村庄
挽起无数受伤的翅膀
废墟中，托起一条条生命的希望
那一瞬，无数英烈血洒雁门
多少警魂化作了石雕
静卧在映秀山冈
定格在忠诚与信仰

岁月像一根长长的线
将远去的影子越拉越长
阿坝儿女在苦痛中奋进不说悲伤
汶川公安在重建中步履有力铿锵

一双双刚健的臂膀
架起灾区民居崭新的桥梁
幢幢新楼在废墟中拔地而起
灾后的羌民住进了新的楼房
云朵上的萝卜寨人生活奔进了小康

走漩口，过丹青水磨
攀巴朗，高山草甸远远望
蓝天如洗，层林尽染
一湾河流环绕静静的村庄
农果园、蔬菜园、科技园
像绽放在草原上美丽的格桑
姜维城、熊猫沟，游人如织
微笑，在一张张熟悉与陌生的脸上荡漾
长风，传播着和平与安详

阳光，传递着警民和谐的芬芳

也许明天
我们将在一枚枚勋章中寻找
寻找汶川版图上那些陈旧的地标
回望那一声声远去的鼓角
淡定听风、听雨、听山谷空幽
从容看山、看水、看汶川辉煌

来吧，朋友
羌山上的太阳鸟在飞翔
日夜守护着羌藏儿女幸福安康
来吧，朋友
这里有你的一米阳光
也有你的一条画廊

汶川：遍地樱桃（外二首）

龙小龙

汶川：遍地樱桃

越是不容易保存的东西越是珍贵
越是环保生态越是脆弱
我们不希望拥有的每一样物质都是
轻而易举、唾手可得
不希望狂风暴雨，更不希望地动山摇
恶意和蛊毒的招摇过市
我们经受不起
我们留恋的人世间有太多美好
都如樱桃短暂，三五天便瓜熟蒂落
每一颗晶莹的玛瑙
都像一份经历千难万劫之后的时光
漫山遍野，每一颗红果子
就是一张笑靥，满含泪水

其中的幸福无言以表啊
从哪一天起，这显而易见的生活哲学
迅速得到了普及并百世流芳
我感慨，为什么他们如此钟情于樱桃
此中必有深深内涵
必有一种淳朴而又铭心刻骨的爱

空着双手来看你

我从果城来
却没有带上一枚老家的果子
我从江边来
却没有带上一枚坚硬的砾石
我从北方的草原来

我从遥远的大漠来

我从繁华的都市来

我从江南的小镇来

我有的茂盛

我有的辽阔

我有的刚强

我有的婉约

我有的风景如画

我有的往事如昨

空着双手来看你

是因为我有的一切苦乐酸甜

你们都有了

映秀镇的楼群

拨开雾水，拨开浅薄的云层
映秀的天空，蓝成一张
巴山蜀水最平凡而又最美丽的脸
此起彼伏的楼房是新盖的
像破土而出的庄稼
站直了身体，等待我扛着锄头
或者反背双手
从它们面前一一经过
我可以喊出它们的乳名
听它们脆生生地回应
我可以亲切地拍打它们的肩膀
检验身子骨的硬度
这些曾经被风雨折磨的泥土和石头

曾经不禁风霜的花花草草
长大了，强壮了
每一次我站在映秀镇的天空下
就成了其中的一幢
不断拔节着一种立体的幸福

呈给水磨的诗行

曾小平

水磨，一座悄然崛起的湖滨山城
水墨画一般展示着书卷气息
曾几何时，你是寿江河畔的丑小鸭
祖祖辈辈游弋在清水似的贫瘠里
而今，伴着鸟鸣与春光
你少女般走进我的诗行
何曾忘，地震
这突然爆炸的核能
促成昨天的你
在惊骇的裂变中　燃成灰烬
疮痍和瓦砾中　你
高昂倔强的头
左肩扛着民生
右肩扛着开明
水磨啊　你是举着奥运圣火的姑娘

让沉甸甸的希望在废墟中升成烈焰
在 70 余天生产的阵痛里
你华丽转身　如同火中的凤凰
炫目涅槃

长寿老街不再是哀怨的村落
破旧的街道老化的电线与着火的民房
永久停泊在历史的岸边
开明走出山水，画卷一般吸引八方游客
当水车坦然转动
你鲜亮的丽裳　浪花一般
冲击着世人的眼眸
以磐石的坚强　以竹子拔节的不屈
告诉世人
勤奋与智慧是最好的营养品

水磨啊　你以阳光驱散阴霾的成功较量
以自强不息
将世人的目光牵引到陶潜诗中的桃花源

你从西南的无名小镇
变成冉冉升起的高原明珠
在世界的惊叹中闪耀精彩的光芒
古朴与现代　流水与翠绿
是舞台的布景
是绽放的花蕾
迎着你这伴着掌声而来的明星

心房

阿炉·芦根

十年了，我有时走出乐山
有时就在乐山内部
替汶川寻找震中，我每天
向路人打听愈合的消息，路人
也向我打听涟漪状的痛，是不是还
一浪一浪地袭来。我们已经学会
用眼泪模糊大渡河的呻吟，我们已经知道
河床上奔腾的只是河流的一段伤，犹如公路
带病远行，民房
带病安居，所有的手开始
扶出震中一般的心头，剔除
倾倒的情绪，重建了心房
左心房是汶川，右心房是乐山

家 园

苟晓霞

一

在这里，我看到神灵透出的敌意
把灾难降临到我的家园
用它的神力摇动地壳
山崩地裂，烟尘漫天
城池覆灭，万千生灵瞬间魂归天堂
黑暗，惊慌，恐惧笼罩人心
苦痛，哀号弥漫大地
五月十二日，十年前这一天
回首，所有画面已呈黑白色
永远定格成一滴鲜血、两行泪水
最终，时光之舟载着悲痛的众生超度苦海
历经悲剧之神的洗礼，仿佛
恋人的情谊变得更加笃定

幸福的官能，豁然苏醒过来
一切平常的生活皆能被镀上金色光芒
人们因此变得愿意彼此宽容、尊重
在废墟中重新站起来
抖落满脸尘灰，清洁掉血渍
阴霾随时光渐散
抬头望去，梦之朝霞正托起新的太阳升起

二

十年后，城镇房屋像雨后春笋般，重新生长起来
乡村则带着眷恋与不舍的情结
送走地震中倒下的
几代人住守的土坯房，残破碎片
像告别一位朴素深情的故人

情谊却化作动人的歌谣，回响在每一个农人心海间
带着歌谣迎新的花朵盛开
新建小楼傍青山绿水，房前屋后瓜果蔬菜
小鸟虫鸣，阳光雨露，自然的颜色
声音，交织，起舞
诗与音乐，自乡村款款而来
新铺的光洁路面从脚下伸向远方
伸向美好未来

三

小镇上有一条木质结构，泛着淡黄色调的小巷
小巷里经常走过，一对恋人的身影
身影如两只鸟儿紧依
迎朝阳落日，迎风霜雪雨

泥泞的路面留下过他们的脚印
一同走过的堤岸遗下过无数星光
往日小镇在记忆中，奏缓慢忧伤的曲调
所有昔日景象远去
新的景象迎面而来
悲伤的脸颊，重现灿烂笑容
漫步于千年皇柏道上
听爱人在耳边轻语
呼吸一口空气，仿佛饮下一口清洌泉水
我哪里也不想去
就在这个名叫龙源的小镇
沉浸于它令人着迷的静谧、完美
让我和每一朵花、每一颗夜空的星交谈
坐在门槛上看每一场宏伟的落日
牵爱人的手
共享这崭新家园的洁美，与纯粹

十年，更说山河之殇

文君

一

时间流逝，日月轮回
变换的时空里
让人猝不及防的悲声
早随汹涌的泪水，穿过满目疮痍

那是不能提及的日子
当地动山摇摧毁一切的震波
从汶川、北川、青川
还有我栖身的都江古堰漫射而去

二〇〇八年五月十二日
大地在强烈的抽搐与颠簸中
将聚源中学、新建小学、建新幼儿园

以及石油街、中医院荡为废墟

还有更阔远的巴蜀大地
从那一刻起，便陷入日夜挣扎的阵痛里
十年啊，每时每刻
都是一种新生，都是一种崛起

二

回望来路，逝者已远
我伤残的亲人，正攀爬在一片瓦砾之上
透过漫天猩红的暮色
穿过无边的黑

孤寂的日子，喧嚣的人潮早已散去
那些漂浮的幻影
用满目悲悯的眼神注视着人间
它们哭诉无声

望着斑驳大地，看着被抽离而空的地心
山川河流还在咆哮
它们愤怒，它们痛苦，它们怨恨
渺小如蚁的人类，这是为什么？

十年了，轮番上演的悲剧不曾停歇
映秀、芦山、九寨
所有的血肉之躯仍在颤栗的大地
倒下，站起

三

坍塌的瓦砾直起了腰
遮风避雨的港湾传来五湖四海的声音
上海、广东、浙江
一腔悲悯，一如母亲

走过这劫后余生
人间大爱救助起的残破家园
悲声之后，有婴啼四起
乃至绵延不绝

当那些沦陷的山村拔地而起
倒塌的城市死而复生
我的旧居旁，一株参天的银杏

正吐露一腔新绿

逝去的亲人早已活进诗文
他们用鲜血与生命
浇筑起的汉字，正透过人类与地球
警示唇齿相依的宿命

四

泻下的洪流无法平复地动山摇的惊恐
而我牢记的依旧是疏而不是堵
鱼嘴分流疏导了两千多年
八级地震也奈它无何

回顾这流动的时光与岷江之水

其实暗合了多少必然规律
唯有道法自然，才不至于杀鸡取卵
陷入万劫不复

山自巍峨水自流
跌倒爬起的人们唯有擦干血泪
耕田耙地、修房造屋
才能在废墟之上，寻回昔日雄风

五

岷江呜咽而过，龙门山匍匐
即便是遍体鳞伤，即便是又一次生死较量
这不屈的灵魂依然在上下求索

路，还在脚下

回到聚源，回到虹口
回到日夜走过的幸福大道、石油街、荷花池
一缕炊烟正散入夜色
随万家灯火，回到生命之初

或许，加固后的房屋还在摇晃中惊悸
但每一个倔强的身影
早已与古老的家园合而为一
成为这块土地上，永难抹去的奇迹

十年一瞬，死而后生的蜀人
蹚过这漫长的时间之殇
一次次崛起，一次次攀爬，一次次前行
直至，永不停歇

妈妈，请您在天堂和我们一起感恩

——16岁的儿子给汶川地震中遇难的母亲的话

岳秀红

妈妈，请您在天堂
和我们一起感恩
我家垮塌的房屋
在源源不断的爱心支援下
迅速灾后重建
两年后，破旧屋变成新楼房
搬新家时，我和爸爸
把您的相片挂在每一间屋
妈妈，您一定看见了
我们家的新房
多么漂亮，多么结实
即使再遭遇一次地震
我们的新家也会屹立不倒
妈妈，您一定看见了一面小红旗
是我要求爸爸挂在我家客厅

我和爸爸每天都向小红旗
郑重敬一次礼，敬礼时
我和爸爸都在心里
说一句真诚的感恩话
给那些献爱心的
爷爷奶奶叔叔阿姨哥哥姐姐弟弟妹妹

妈妈，请您在天堂
和我们一起感恩
我现在上学的学校
在祖国大家庭的无私帮助下
又好又快灾后新建
废墟上耸立出新学校
我现在是这所学校的高一学生
上学时，我脖子上每天挂着

一把嵌着您相片的心形锁
妈妈，您一定看见了我们的学校
多么美丽，多么坚固
即使可恶的地震再次降临
也伤害不到任何一位学生
妈妈，您一定还看见了
我们学校的旗台旗杆和旗帜
那是我们学校永远新崭崭的国旗
每周星期一，我们学校
风雨无阻举行升旗仪式
我们唱国歌，我们仰头举手
向冉冉升起的国旗庄重敬礼
妈妈，那时请您和我们一起
参加升旗仪式，一起
向祖国妈妈表达真挚的感恩之情

汶川，把地震压瘪成一枚软胶囊

胡绍珍

甩掉惊恐的颤音，敞开心扉鸣唱
汶川，每座大山，自带震感
汶川，每片森林，属于蝉的故乡
山里的红花椒，散发的麻味
麻醉不了一支合唱团
汶川，走完了一条噩梦中的断裂之路
十年，汶川不忍直击的伤痛是八级地震
十年，汶川重复强调的命令是灾后重建
十年，如此缓慢
十年，如此坚定
存活的生命，从废墟上爬出来
换一副钢筋铁骨
接过重建家园的使命
死难的同胞，在天堂祝福

站在刀尖上的汶川
从阎王殿门口折回身来
十年，捅破心灵上的堰塞湖
搭建通往幸福之路的桥梁
苍鹰盘旋，太阳升上原来的位置
红脆李、甜樱桃端出一盘盘诱惑
一座座青山，峻峭挺拔
城市、乡镇，接受时间的检阅
汶川，把地震压瘪成一枚软胶囊
岷山，雪水远远流来
向废墟上站立起来的新汶川致敬

梨花之下，已看不出废墟的模样

胡雪蓉

一朵、两朵、三朵……
成片的白在五月潜伏
十年修复。一场冷艳的花雨
长满青草的果园，阳光一层一层
覆着泥土下沉睡的伤痕

死亡已经走远。血色的记忆
仍像一根卡在喉咙的刺
逐渐变软的疼痛，那些汹涌的泪水
渗进五月的体内。绿草或树木
童话绽放馨香，随风飘落的花瓣
重新回到树上，嫩芽顶着露珠
没有什么比这更让人心生安宁

新村破土而出

崩裂的伤痛，递给时间
十年生死
荒野足够重生一枚新叶
悲怆或刺骨重又相爱
握过或放手，这温暖的人间
有那么多柔软的记忆

伤痛里长出翅膀。一片新羽
像春泥里初生的新芽
天蓝得像女子月夜的相思
鸟鸣声干净清冽
吹着小喇叭，牵牛花像调皮的精灵
倚着浓荫假寐，握了一辈子锄头的阿伯
放下一生的劳碌，把自己交付给暖阳
崭新的庭院像一幅水墨

山里的春天，盛开丰盈
祖辈住木楼的乡亲，眼见着
花园、别墅在废墟上生长
那么遥不可及的梦，像误入神的桃林
铜质的钥匙在手里叮当作响，恍惚或惊喜
暖阳舔舐着愈合的伤口

走过田埂。亲近泥土
接待游客。用土产换纸币的人
学着用长满老茧的双手编织阳光
给木质的乡村着色。与日子和睦相处
心怀感恩的人，在内心播撒甜蜜

秋染农家　吴晓东

涪江，涪江

丁余科

涪江，涪江
当春风从你头顶掠过
微波划破绿水中的朝阳
父亲用江水清洗犁铧
母亲在河边浣洗衣裳

涪江，涪江
你孕育江彰平原千万儿女
见证诗仙乡人历尽沧桑
当雾霾在我的家乡落败
你的臂弯便成了候鸟的天堂

涪江，涪江
躺在你怀里的每一块石头
都有自己的生命

来此栖息的鸟儿
都有自己的理想
同江水一样
茶马古道有你的脚印
丝绸之路你纵情歌唱

涪江，涪江
尽管人类和鸟儿以及落叶
有着不同的命运
十年前，河滩的伤痕被裸露
猎者的足迹被淹没
一张张写满证词的照片
被千年以后的圣贤
插上翅膀
今天，微信和鸟儿都在飞翔

涪江，涪江
圙岭、烟囱、捕鱼人、佛教徒、淘金者
包括落叶和鸟儿、蓝天和白云
同时享有你最公平的待遇
有的在倒影里虚化膨胀
有的则在清澈而平静的水面上
始终保持影子的端庄

涪江，涪江
你可知道多少年前
谁播下了芦花种子
让来此热恋的鸟儿
有了繁衍的寓所
让世代居住在此的老妪
带着儿孙开垦出一块块土地

种下桃花、玉米、水稻、高粱

涪江，涪江
我必须把贯通东西两岸的
一桥、二桥、三桥、五桥
写下来
我必须把上中下三处科光电站
也写下来
还必须把十年前
震灾留下的残垣写下来
因为历史无法改写，岁月仍在流淌

涪江，涪江
……

北川夕照

麦笛

十年了，北川
已经没有人说痛
安昌河畔，柳条依旧下垂
云朵比石头还重

羌王广场，游人熙熙攘攘
小贩叫卖手撕牛肉时
会故意省略“撕”的读音
在北川，不必再问
这些年是怎么走出来的
他们会指着唐家山堰塞湖
告诉你，这是
一只哭瞎的眼睛

夕阳下，望乡台
那个还在捶胸顿足的人
一定是把风中摇曳的迎春花
听成了孩子的笑，也可能
把从废墟中爬出的蒲公英、清明草
认成了白发苍苍的父亲

在汉源县七一中学（外一首）

何 文

汉源县七一中学，原汉源县第四中学，占地55.8亩，总投资超过1亿元人民币。前身为创建于1906年的“泸江书院”。因汶川地震受损后，于2010年9月，由中央组织部援建，迁于新集镇山羊坪。

——题记

走进以党的生日命名的学校
教学楼前纪念碑基座上
“特殊党费援建”
六个红色大字特别鲜艳
金灿灿的党徽却显得非常亲切

建校刚满百年就遇汶川地震损毁
师生正扼腕叹息
用党员们交出的特殊党费
重建而又获新生
党对教育与孩子特殊的关怀
是看得见摸得着教室与课桌

老师们在黑板上描绘祖国的未来
琅琅的读书声是最好的回应

每周举行升旗仪式时
整整齐齐站在操场上的孩子
如一排排生机勃勃的小树
国旗在国歌声中冉冉升起
学子们紧跟着旗帜茁壮成长

在宝兴县海南高级中学

距离海南两千多公里
四川西部大山中的宝兴
一群孩子，在旭日照耀下

背着书包走进了“海南中学”

红军长征翻越的第一座大雪山夹金山
与巍峨的五指山都拥有革命的底色
但如果不是 5・12 汶川地震后
海南人民援建的这所新学校
宝兴与海南还是相隔太远

汶川地震时，学校曾是最让人痛心的地方
决不再让惨剧重演，新学校修得异常坚固
倾注了海南人民南海一样的心血
在五年后，经受住近在咫尺的 4・20 芦山地震的检验
是孩子们最值得信赖的坚固保护

每学期开学，第一课就讲学校名字的来历

要将刻在建校碑上的文字再刻进孩子的脑海里
这些没见过海的山孩子
从此将学校外的宝兴河的水花
想象成南海的波涛

一把砖刀

赵 敏

一把砖刀，性格单纯，脾气厚道
不张扬，才能同泥水匠搭档
用起来，才能顺手、顺心
铿锵的友情，夜以继日辉煌建筑物的梦想

一把砖刀，体格瘦小，福气却很大
在汶川、在北川、在青川
在重建工地，热火朝天
它的小胳膊小腿，撑起过许多奇观：
宽敞的厂房、巍峨的体育馆、富丽的购物广场

一把砖刀，没有大嘴巴
所以，从不表功自夸，永远是那么谨慎
甚至有点卑微，即使有一天被退了钢火
就回归铁匠的炉子，只要铁的本色仍在

就能重新被制成锄头、犁铧、钉耙
栽草种树养花，给繁华无比的人间
拢来一片生态的海洋，绿，而且清香

十年：2008—2018

史鹜

曾经恐惧的，不再
那么害怕

崩塌的，
已站起

破碎的，重新
完整

一些从前活着的，死去了
未曾出现过的，
得以诞生

十年，多么漫长，十年
不过是一瞬

在鸟儿消失的窝里
孵出了鸟儿

大树倒下的地方，长出了
青绿的幼苗——

风中的老街

——汶川地震十年

罗 铖

这是风中的老街，当春天重回枝头
我身系青翠，慢慢地走过每一个街口
雨水的心在转角处的屋檐上跳动

报春鸟伸展开美丽的羽毛
青草弥合了大地的裂缝
每一棵草籽都从风的深处走来

那些悲怆的泪水，那些艰难的脚步
已散落在风中，星空广大
它们映照着黑夜闪烁的灯火

这是风中的老街，人们走进晨曦
怀着渴望和热爱，也走进大地深处
像无数花朵，绽放于寂静和宽恕

汶川辞语（组诗）

龚学敏

暖冬行动，或者火塘的另一种光

被一群人传递着的，不仅仅是粮食、水，还有温暖。
因为太阳的光芒，羊子们习惯地把脸庞朝向高处。
四散的羊子
看见朝着高处走来的是草一样可以茂盛的
温暖。

坐在火塘旁边的鸟鸣，用一种光芒的颜色
梳理从前的水和树枝上缀满的各式衣衫，直到
花开花落，冬去春来。

在一段叫做羌的路上，羊子们仰面朝天。冬
随在身边，像是邻家的黄黄的狗和它拄着的拐杖。

带着火塘走路的羌，手心朝下

就看见远处的那些人了。路边的
石头上，太阳坐在上面，就浸着漫漫的红了。

羌绣，或者传说中的那抹红

一种天生俱来的粗糙。羌，在西部牧羊的天色中
与草一同生长的，是没有颜色的羊毛。

从可以漫天的河水中伸出枝来。
从可以俯视他们的崇山深处，长出披着羊皮褂子的
女子，和她们游走时领唱的歌谣。绣
就是把散碎在传说中的那些日子，串在一起的
那声鸟鸣。
就是把歌声不停地迁徙，又不停地挂在树上
晾晒时，白了又青，青了又白的那缕发丝。

那一抹红，终于成为了传说。
绣，不动声色。春天的树枝上长满了透明的羊群
和它们的丝，并且
在月光中漂洗，
在月光的下游，让她们浮满红，以及关于传说的那段时间。

挂在碉每一次从风中出发的路口上。
风能够吹动的是那柄羊皮的鼓，还有羊子们灵动的胡须。
风吹不动的是山上的羊群。

挂在碉每一次途经雨的山口上。
雨能够淋熄的是篝火四周孱弱的影子，还有影子们
招摇而过时掀起的尘埃的声音。
雨淋不熄的是羊群上山时走过的路。

在云朵的白色石头上，羌
那双与羊子们一起游走的鞋，被绣满了云朵，还有走路时
传说中那一段撩人的红。